나는 당신이 행복했으면 좋겠습니다

박 찬 위
에 세 이

나는 당신이
행복했으면
좋겠습니다

highest

2부

사람

3부
———

삶

—

어두울수록 빛은 더욱 밝게 빛나는 법.

앞이 보이지 않는 캄캄한 어둠 속에
쭈그려 앉아 울고 있기보다
고개를 들어 주위를 둘러보자.

분명 나를 향해 비추는 빛이 있을 것이고
사실 그 빛이 거울 속에 비친 나라는 사실을 깨달았을 때
우린 별이 될 것이다.

1부

사랑

내가 가장 나다워질 수 있는

사랑을 하세요

사계절 같은 사랑

사계절 같은 사랑을 원해요.

봄처럼 포근하고 여름처럼 뜨거우며
가을처럼 시원하고 겨울처럼 설레는
그런 사랑.

때론 열 내며 다투고
때론 쌀쌀맞게 굴어도
언제나 내 곁에 머무는
그런 사랑.

내년 이맘때, 내후년 이맘때를 떠올렸을 때
당연히 나와 함께일 거라 확신하는
그런 사랑.

그렇게 10년이고 100년이고
평생토록 함께하고 싶어요.

"미안해" 보다는 "고마워"

우리는 꼭 미안하다는 말 대신
고맙다는 말을 자주 하는 사이가 되자.

"속상하게 해서 미안해"라고 말하기보다
"속상하게 했는데도 나를 믿고 곁에 있어줘서 고마워"
라고 말하는 사이가 되자.

미안하다는 말을 반복하다 보면
서로에게 지쳐버릴 수도 있으니까.

서로를 아껴주고, 존중해주고 있다는 생각이 들도록

고맙다는 말을 많이 하는 사이가 되자.

아무리 사소한 표현이라도 예쁘게 하자.
미안하다는 말 보다
고맙다는 말을 많이 해주고
고맙다는 말 뒤에 꼭 사랑한다고 말해주자.

소중함

곁에 있을 때 잘해라.

옆에 있는 게 익숙해지다 보면
그 사람의 소중함을 잊어버리게 된다.

서로의 일상을 함께 할 수 있는 자격부터
행복이 되어주기 위해 노력할 수 있는 자격,
사랑한다고 말할 수 있는 자격
이 중 당연한 것은 그 무엇도 없다.

익숙함과 편안함에 속아 소홀히 대하다
놓치고 아무리 후회해도 이미 너무 늦었다.
한 번 내 곁을 떠난 그 사람은
두 번 다신 뒤를 돌아보지 않는다.

사랑할 때 최선을 다했던 사람은

미련 없이 나를 떠나가겠지만
뒤늦게 홀로 남겨져 후회하는 것은
최선을 다하지 못했던 나의 몫이다.

지금 상대방이 대가 없이 당신에게 주고 있는 사랑은
당연한 권리가 아니라 감사해야 할 호의다.
누군가가 나를 좋아해 준다는 게
얼마나 기적같고 기분 좋은 일인가.
그러니 항상 그 고마움을 표현해야 한다.

시간이 지날수록 더 소중하게 대해줘라.
그 사람이 행복해할 수 있도록 노력해라.
매일 오늘이 마지막인 것처럼 최선을 다해 사랑해라.

그 사람이 떠난 뒤
하루하루 후회 속에, 추억 속에 살지 말고.

경청

연인이 자신의 서운함을 이야기할 땐
묵묵히 경청해주는 것이 가장 좋다.

상대방은 나와 서운함을 풀고 싶은 바람에
말하지 못하고 홀로 삼켜냈던 속 사정을 이야기하는데
이때 듣는 도중 서로의 잘못을 따지기 위해
언성이 높아지는 순간
감정만 격해지며 다툼으로 이어질 뿐이다.

문제의 조율점을 찾으려는 이 대화에서
그 본질의 목적을 잃고 만다.

연인 사이 서운함이 생기는 건 자연스러운 일이지만
상대방의 서운함을 어떻게 대처할지가 중요하다.

방법은 간단하다.

이야기에 귀 기울여주고, 서운함에 공감해주면 된다.

그리고 상대방의 말을 다 듣고 난 후에

나의 입장을 말하면 된다.

경청은 연애할 때 갖춰야 할 중요한 덕목이다.

이야기를 많이 들어줄수록 관계는 호전된다.

거짓말

연인 사이 거짓말은 최악이다.
어떤 이유에서든 거짓말은 정당화될 수 없다.
서로에게 가장 솔직해야 할 연인 관계에서
애초에 속이려고 하는 생각부터가 잘못된 것이다.

연인은 서로의 신뢰를 바탕으로 맺어진 관계다.
그렇기에 신뢰에 금이 가는 순간
그 관계는 깨질 수밖에 없다.

아무리 사소한 거짓말이라도 절대 하지 마라.
거짓말은 또 다른 거짓말을 낳고
불신은 반드시 관계에 불화를 일으킨다.

언제나 솔직한 모습을 잃지 말자.
사랑하는 사람을 잃고 싶지 않다면.

거짓말에 하얀색은 없어요.

사랑하는 사람과 오래 함께이고 싶다면

끊임없는 믿음을 주세요.

사랑에 거리가 왜 문제가 될까

대부분의 사람은 이렇게 말한다.
"장거리 커플은 힘들다."
"거리가 멀어서 자주 다툴 거다."
"결국 얼마 못 가고 헤어질 거다."

나는 이 말을 믿지 않는다.
몸의 거리와 마음의 거리는 비례하지 않으니까.
사랑에 거리는 문제가 되지 않는다.
연인들이 헤어지는 이유는
거리가 아니라 마음이 멀기 때문이다.

서로를 진심으로 사랑하고
그 사랑을 표현할 줄 알고
서로에 대한 믿음만 충분하다면
그깟 거리가 무슨 상관이 있을까.

물론 자주 못 보니 속상할 순 있겠지만
사랑이란 그런 이유로 쉽게 깨질 감정이 아니다.

정말 사랑한다면 매 순간 떨어져 있어도
함께 하는 듯한 기분이 들도록
연락과 표현에 더욱 신경 써라.

말뿐만 아니라 행동으로 서로에게 믿음을 보여주고
얼굴을 자주 못 본다면 마음을 더 자주 보여줘라.
떨어진 거리만큼 마음의 거리를 더 좁히면 된다.

결국 사랑하는 마음, 그거 하나면 충분하다.
물리적 거리는 문제가 되지 않는다.

"미안해" 속에 담긴 진심

미안하다는 말을 아끼지 않는 사람을 만나라.

상황을 모면하기 위한 사과가 아닌
늘 먼저 미안하다며 손을 건네는 사람은
자존심이 없어서가 아니라
그만큼 당신을 진심으로 사랑하기 때문에
이 관계를 지키기 위해 사과하는 것이다.

미안하다는 말을 습관처럼 뱉는 그를
가볍게 여기기보다
오히려 애정으로 품어주어야 한다.

자존심보다 관계를 더욱 소중히 여길 줄 아는
그 사람이야말로 당신에게 행복만 안겨다 줄
소중한 사람일 테니까.

말에 취하게 하는 사람

술에 취하게 하는 사람 말고
말에 취하게 하는 사람 만나라.

술에 취해서 기분 좋은 건 잠깐이지만
다정한 말에 취해서 기분 좋은 건
연애하는 내내 계속될 테니까.

숙취 걱정 없이.

우연히든, 운명이든

우리의 만남이
우연히든, 운명이든 그건 중요하지 않다.

중요한 것은 내 앞에 네가 있고
네 앞에 내가 있다는 것.

손을 마주 잡을 수 있음에,
너를 품에 안을 수 있음에,
함께 할 미래를 그릴 수 있음에 감사하며
소중한 지금 이 순간을 오래도록,
아니 영원일 수 있도록 노력할 것이다.

너라는 사람을, 우리의 만남을
과거형으로 말하지 않기 위해 최선을 다할 것이다.

표현

표현을 하세요.

속마음을 보여주지 않으면서
진심을 알아달라는 건 욕심입니다.

사랑한다면 그 마음을 아낌없이 표현해주세요.
'말 안 해도 알아주겠지' 라는 생각은 버리세요.

연락에 소홀하지 말고, 사랑한다고 자주 말해주세요.
연인 사이 표현은 아무리 해도 모자라요.
질리도록 표현해주세요.

연인 사이 표현은

관계를 이어주고 있는 유일한 생명줄입니다.

연락의 중요성

연인 사이에서 가장 기본적인 게 연락입니다.

어디서 뭘 하고 있는지
잠은 잘 잤는지
밥은 챙겨 먹었는지
혹시 무슨 일이 생기진 않았는지

서로가 서로를 궁금해하고 걱정하는 게
연인 관계에서 너무도 당연한 일이니까요.

하지만 이 기본적인 연락의 중요성을
잘 모르는 사람들이 많습니다.

"굳이 바쁜데 핸드폰을 잡고 있어야 하냐"
"서로 사랑하기만 하면 되는 거 아니냐" 라고
생각하고 무신경하다가 다투게 됩니다.

이건 크게 잘못된 생각입니다.
애초에 하루종일 내 생각뿐이고
내 걱정만 하는 상대방에게
연락 한 통 해주지 못할 만큼 여유가 없다면
이미 누군가를 사랑할 준비가
안 되어있다는 증거이니까요.

사실 상대방은 많은 걸 바라는 게 아닙니다.
그저 일상 속에서 틈틈이 나를 떠올려주는 것.
몸이 떨어져 있을 때에도
나에 대한 애정을 확인하고 싶은 거예요.

그러니 연락에 소홀하지 마세요.
사랑하는 사람을 위해 연락 한 통 해주는 게
어려운 건 아니잖아요.

연락은 연인 사이 당연히 지켜야 할 약속이며,

서로의 신뢰가 무너지지 않게 잡아주는 안전장치이자

행복한 연애를 이어주고 있는 연장선이라는 것을

꼭 알아두시길 바랍니다.

통보

일방적으로 통보하듯 말할 거면 차라리 물어보지 마라.
이미 물어보기 전에 혼자 마음대로 다 정해 놓고
대뜸 통보하는 건 상대방에 대한 예의가 아니다.

통보 말고 허락 구해라.

어떤 행동을 하기 전에
"나 ~할게." 하며 통보하는 게 아니라
"나 ~해도 될까?"라고 허락을 구해라.

사랑을 시작했다면 자기 마음대로 행동하지 말고
당신의 연인을 존중하는 태도를 갖춰라.

마음의 병

병 주고 약 주는 게 무슨 의미가 있나요.
애초에 병이 나게 하지 마세요.
처음부터 상처를 주지 마세요.

사랑하는 사람에게 모진 말로 상처 준 후에
뒤늦게 사과해도 소용없어요.
말로 받은 상처는 치유되지 않아요.
마음의 병엔 약도 들지 않아요.

기분이 태도가 되어서는 안돼요.
특히 연인 사이에서는 더더욱.
가까운 사이일수록 기분대로 막 대하지 말고
아껴주고, 다정하게 대해주세요.

사랑하는 사람이잖아요.
마음에 병이 생기게 하지 마세요.
아프게 하지 마세요.

편함과 소홀함의 차이

많은 연인들이 연애 초반과 비교해
나를 대하는 태도가 달라졌을 때 다툼이 생깁니다.
시간이 흐르면서 익숙해지다 보니
상대방이 내 곁을 지켜주는 게 당연하다고 착각하여
연락에 소홀해지고, 표현에 무감해지면서
상대방은 서운함이 쌓이다가 결국 터지는 거죠.

물론 편해져서 그랬겠죠.
시간이 갈수록 서로가 편해지는 건 당연한 거니까요.
그렇다고 상대가 편해졌다고 해서
소홀해져도 된다는 건 아닙니다.

언제까지나 날 사랑해줄 거라 착각하고

무심하게 대하다 보면

당연했던 그 사람이 당연하지 않은 사람이 되는 건

정말 한순간입니다.

연애라는 게 언제나 불타오를 수는 없겠지만

너무 차갑게 식어서도 안 돼요.

늘 긴장을 놓지 않고 한결같은 마음으로 사랑해주세요.

익숙함에 속아 소중함을 잃지 않도록.

함께 하는 모든 순간

늘 기억해라.
내 곁에 있는 이 사람이
언제라도 날 떠날 수 있다는 사실을.

남이 되면
함께 밥을 먹는 사소한 일상부터
손잡고 거리를 거닐고
서로의 품속에서 사랑을 속삭이는
이 모든 행복이 송두리째 사라지는 것이다.

상대방의 투정이 늘었다면 귀찮아할 것이 아니라
내가 인색해지지는 않았는지 스스로를 돌아봐라.

그리고 함께 하는 모든 순간이

마지막인 것처럼 최선을 다해 사랑하라.

언제나 소중함을 잃지 말고

이 사랑의 행복을 스스로 지켜내라.

비교

내 연인을 남과 비교하지 마세요.

내가 선택한 사람이고,
내가 사랑하는 사람이잖아요.

사람이라면 누구나 장, 단점을 가지고 있기 마련입니다.
예쁜 모습도 있고, 못난 모습도 있을 수 있어요.
하지만 몇몇 단점을 보고 남과 비교하면서
상대방의 자존감을 깎아내리는 건
내가 사랑하는 사람에 대한 예의가 아니에요.

정말 사랑한다면 단점마저 안아줄 수 있어야 합니다.
비교해서 얻을 수 있는 건 다툼밖에 없어요.

지금 내 옆에 있는 그 사람은

그 사람 자체만으로도 충분히 빛나는 사람입니다.

있는 그대로의 모습을 사랑해주세요.

연인과 오래 만나는 방법

사랑하는 연인과 오래 가는 법, 어렵지 않다.

약속했으면 지키는 것.
사랑을 자주 표현해주는 것.
싫다는 행동을 하지 않는 것.

사소하지만 연인이라면 지켜야 할 가장 기본적인 것들을
'당연하게' 지켜주는 것.
그거면 된다.

사랑이 늘 설렐 수만은 없다

매 순간 설레어야만 사랑이라면
매일 다른 사람과 연애를 해야 할 거예요.
설렘과 두근거림도 좋지만
어쩌면 설렘보단 편안함이
진짜 사랑의 모습에 더욱더 가까울 것입니다.

누굴 만나도 잠깐의 두근거림은 있을 수 있겠지만
서로의 존재 자체만으로도 안정감을 얻고
함께 함으로써 편안함을 느낄 수 있다는 건
그만큼 감정의 유대가 깊어져
어떤 누구로도 대체할 수 없는 관계로
발전했다는 증거일 테니까요.

사랑이란 설렘이 지나고 익숙함이 찾아왔을 때도
서로의 소중함을 잃지 않고
좋을 때나, 힘들 때나 모든 순간을 함께 하는 것입니다.

설레지 않는다고 해서
사랑의 불씨가 꺼진 것이라 착각하지 마세요.
다른 형태로 여전히 타오르고 있을 테니까요.

관계를 더욱 따듯이 감싸며.

다름이 생긴 시기

연애를 하다 보면 유독 자주 다투게 되는 시기가 옵니다.

안 싸워도 될 일도 꼭 걸고넘어져서 싸우고
자꾸 부딪히다 보니 관계를 이어가도 될지
헷갈리기도 하죠.
하지만 이 시기는 권태기도 아니고,
이별의 때가 온 것도 아닌 '다름'이 생긴 시기입니다.

연애 초반 서로에게 좋은 모습만 보여주려 애쓰며
감춰뒀던 자신의 본 모습들이 나와서
맞춰가야 할 때가 온 거죠.

처음에는 내가 알던

그 사람의 모습과 달라 당황하기도 하겠지만

사실 그 또한 그 사람의 일부일 뿐입니다.

오히려 지금 있는 그대로의 서로를

숨김없이 보여주고 있는 거예요.

그러니 이 시기가 왔다면

서로 조금만 더 배려하고 노력해주세요.

지금 이 순간만 잘 이겨낸다면

서로를 온전히 사랑해주며

다툼 없이 행복한 여애를 이어갈 수 있을 테니까요.

같은 듯 다른 우리

연인 사이에선
서로 비슷한 모습도 있고 다른 모습도 있다.

잘 통하는 구석이 있는가 하면
도무지 이해되지 않은 구석도 있고
한없이 사랑스러워 보이다가도
참 밉상일 때도 있다.

같은 듯 우리는 다르다.
그렇기에 관계를 유지하기 위해 꾸준히 노력해야 한다.

연인 간 반드시 지켜야 할 예의를 어기지 않고
늘 서로를 위하고 배려하며
자주 들여다보고 관심 가져주어야 한다.

다름을 이겨내지 못하고 이별을 맞이할 것이냐
함께 맞춰가며 닮아가다 하나가 될 것이냐는
서로의 행동에 달려있다.

연인 사이 다툼은 피할 수 없어요.
오히려 연애 초반에 많이 싸워봐야 합니다.
그래야만 서로에 대해 더욱 자세히 알 수 있거든요.

여기서 중요한 건 '어떻게' 다투냐입니다.
욱하는 마음에 날카로운 말로
상대에게 상처 주는 건 결국 이별로 번질 뿐입니다.

다툼은 이별의 신호가 아니라
서로에게 더욱 가까워지기 위한 과정입니다.
함께 배려하려 노력하고 현명하게 다툴 줄 알아야
그 관계가 더욱더 깊어질 수 있습니다.

노력

사랑한다면 노력하세요.
연인관계에서의 노력은 선택이 아닌 필수입니다.

"나는 원래 이래"라는 핑계로
노력하지 않는 것을 합리화하지 마세요.
지금 당신을 위해 노력해주는 그 사람도
다른 사람에겐 애정을 쏟지 않습니다.

내 입맛대로만 편하게 연애하려는
이기적인 생각은 접어두세요.
그건 당신을 사랑하는 사람에 대한
예의가 아닙니다.

서로 각자의 길을 가던 두 사람이 만나

길을 합쳐 함께 손잡고 가기로 했으니

그 긴 여정에 노력은 당연히 갖춰야 할 필수 요소입니다.

진심으로 관계를 위한다면 노력하세요.

당신의 작은 노력이

함께 가는 길을 탄탄하게 만들어 줄 것입니다.

진심을 확인하고 싶다면

내 옆에 있는 그 사람이
날 사랑하는지 정확히 알고 싶다면
나와 떨어져 있을 때 행동을 봐라.

당장 옆에 있을 때 잘하는 건 누구나 한다.

하지만 몸이 떨어져 있을 때
나를 대하는 태도를 보면
그 사람이 나를 생각하는 마음이 어느 정도인지
그 진심을 엿볼 수 있다.

권태기

오랜 기간 연애를 이어가다 보니
연애 초반의 설렘과 두근거림이 지나가고
익숙함이 따분해지며 소중한 사람이 지겹게 느껴지는
그런 쓰레기 같은 감정, 권태기.

권태기는 이별의 증조가 아닙니다.
그저 서로가 더욱 단단한 관계가 되기 위해
거쳐야 하는 과정일 뿐.

권태기는 그 누구를 만나도 옵니다.

여기서 잠깐의 권태로움을 버티지 못하면
그저 그런 뻔한 연애로 끝날 테지만
그 순간만 잘 이겨낸다면
서로에 대한 깊은 확신을 가지고
누구보다 특별한 관계로 발전할 수 있게 됩니다.

권태기 따위가 관계를 망치게 내버려 두지 마세요.

아무것도 아니라는 듯 보란 듯이 극복해내세요.

불안함

한 사람을 너무 사랑하게 되면
자신도 모르게 불안해질 때가 있어요.

그 사람을 너무 사랑해서,
함께하는 이 삶이 너무 행복해서
혹시라도 이 순간이 끝나버리면 어쩌나 하는 마음에
지레 겁먹고 불안해지는 거죠.

그렇기에 이 사람도 나와 같은 마음이기를 바라며
자꾸 상대방의 마음을 확인받으려 합니다.
나를 떠나지 않을 거란 확신을 얻기 위해서.

받아주는 사람 입장에서는

조금 당황스러울 수도 있어요.

집착하는 것 같고,

어떻게 대처해야 할지 곤란하기도 하겠죠.

근데, 하나만 알아주세요.

불안감이 많은 사람은 사실 상처가 많아서 그런 거예요.

그동안 영원을 약속했던 사람들이 곁을 떠나고

홀로 남겨졌을 때의 트라우마 때문에

이 사람과는 끝까지 함께하고 싶은 마음에서 비롯된

투정입니다.

확인받으려는 마음을 귀찮아하지 말고

다정하게 안아주세요.

당신과의 관계가 끝나는 게 두려워서 그래요.

당신을 너무 사랑해서 그래요.

사랑이라는 게 원래 보이지도, 만져지지도 않으니까

확인받고 싶은 게 당연하잖아.

이해 = 포기

어느 날 연인이 잔소리를 멈췄다면
이별을 준비하고 있을 가능성이 큽니다.

이미 많은 신호를 보냈음에도
나아질 기미가 보이지 않으니
혼자 실망하고 상처받다가
결국 내려놓기 시작한 거죠.

상대방이 나의 모든 행동을 이해한다는 건
사랑을 포기하겠다는 뜻입니다.

놓치고 후회하지 말고
상대방이 완전히 포기하기 전에 고치세요.
상대방이 했던 말들을 잘 기억하고
같은 실수를 반복하지 않는 모습을 보여주세요.

악습을 고치지 못한다면

그 관계는 머지않아 끝을 맞이할 것입니다.

언제까지나 당신이었으면 한다.

마주 앉아 밥을 먹는 것도,
손을 잡고 거리를 걷는 것도,
함께 눈을 뜨고 감는 것도.

당신이 없다면
내 삶은 보잘것없는 삶일 거예요.

내 인생에 나타나줘서 감사합니다.

앞으로 우리가 함께 가는 길에
다투고 엇갈리는 순간들이 찾아오더라도
마주잡은 두 손 만큼은 놓지 않았으면 합니다.

사랑합니다, 정말 많이.

싱거움

음식에 염분이 없으면 싱겁듯,
연애에 사랑이 없으면 그 관계는 밍밍할 수밖에.

내 몸은 사랑을 필요로 하는데
채워지는 사랑이 부족하니
늘 사랑에 목마를 수밖에.

사랑이 없는 연애는
몸과 마음을 피폐하게 한다.

음식은 싱겁게,
사랑은 진하게 먹는 것이 건강에 이롭다.

되새김

연인으로서 첫 발걸음을 내디뎠을 때
그때 그 감정을 늘 가슴 속에 깊이 새겨라.

함께하는 모든 순간이
얼마나 값지고 소중한 시간이었는지

이 사람과 만나기 전 내가 얼마나 간절했고
나에게 어떤 존재인지 잊지 마라.

사랑을 나눌 수 있음이
얼마나 감사한 일이었는지.

이별은 작은 것에서부터 시작된다

이별은 커다란 이유로 한순간에 찾아오지 않는다.
작은 문제가 쌓여 예상치 못한 순간에 찾아온다.

그러니 아무리 사소한 문제라도 가볍게 여기지 마라.

작은 틈이 건물을 무너지게 하듯
작은 갈등이 관계를 무너트린다.

눈앞에 있는 문제를 외면하지 말고
하나씩 함께 풀어나가라.

애써 쌓은 소중한 관계를 무너트리고 싶지 않다면.

끼니

사랑하는 사람이 있다면
적어도 하루에 세 번씩 가득 사랑을 떠먹여 주세요.

사랑은 끼니와 같아서 아무리 배불리 먹었어도
시간이 지나면 다시 고파지기 마련이에요.

밥도 하루에 세 번씩 제때 챙겨 먹어야
몸이 건강해지듯
사랑도 하루에 세 번씩 제때 챙겨 먹어야
그 관계가 건강해질 수 있습니다.

아 참, 사랑은 조금 더 자주,

조금 더 과하게 먹어도 괜찮아요.

사랑에 살이 찔수록 행복은 배가 되니까요.

이별의 이유

이미 떠난 사람에게 미련 갖는 것만큼
어리석은 짓은 없다.
어떤 상황이건 이별의 이유는 단 하나다.

"더 이상 나를 사랑하지 않아서."

나 싫다고 떠난 사람에게
자신을 버려가면서까지 매달리지 말고
혹여나 돌아올 거라는 기대도 버려라.
스스로에게 가혹한 짓일 뿐이다.

당신은 본인이 생각하는 것보다
훨씬 가치 있는 사람이다.
그런 당신에게 분명 더 큰 사랑을 안겨줄
인연이 찾아올 것이다.
그러니 아파하며 나를 잃지 않았으면 좋겠다.

이별 앞에는 모든 것이 핑계다.

이제 아픈 사랑은 그만하길.

사랑은 구걸이 아니다

사랑은 구걸이 아니다.
사랑은 두 사람이 서로 주고받는 거지
혼자 갈구해야만 겨우 이어갈 수 있는 사랑은
사랑이라 말할 수 없다.

연인 관계를 이어가기 위해서
어느 정도 노력은 필요하지만
한쪽의 일방적인 노력으로는 관계를 유지할 수 없다.

상대방은 이미 나에게 줄 마음이 없는데
없는 마음을 구걸해봤자 얻어지는 건 비참함 뿐이다.

이제 그만하자.

가는 게 있으면 오는 게 있어야 하는 법
받는 것 없이 주기만 하다 보면
마음이 결핍해지기 마련이다.

구걸하지 않아도 채워주는 사람을 만나라.
당신이 주는 사랑을 소중히 여길 줄 알고
더 큰 사랑으로 보답해주는 사람.

그 손, 놓으세요

유독 정이 많고 마음이 여려
이별 후에 찾아올 공허함과 아픔을 감당할 자신이 없어
아닌 인연을 억지로 붙잡고 있는 당신.
이제는 그 손, 놓으세요.

사랑만 받기에도 부족한 시간입니다.
더는 내게 상처 주는 사람에게
당신의 아까운 시간을 낭비하지 마세요.

쓰레기는 버리라고 있는 것이다.

정 때문에 버리지 못하고 품고 있다 보면

나까지 꼬질꼬질해질 뿐이다.

시든 꽃

지쳤으면 헤어지는 게 맞는 거예요.
지친 마음 이끌고 어떻게든 이어가겠다며
애쓰지 말고 그만 하세요.

날 힘들게 하는 인연이라면
놓아야 할 줄도 알아야 합니다.

시든 꽃에 물 준다고 다시 피어나지 않습니다.
시들어버린 인연은 묻어두세요.
새로운 꽃이 피어날 수 있도록.

헛된 기다림

오지 않는 연락 기다리지 마세요.
나한테 관심이 없으니까 연락이 안 오는 거예요.

합리화하지 마세요.
그냥 그 사람에게 내가 딱 그 정도인 거예요.

'혹시 이 사람도 나를 기다리고 있지는 않을까?'
이런 기대는 접어두세요.

그 사람에게 나는 더는 특별한 사람이 아닌 거예요.
내가 궁금하지 않다는 거예요.
울리지 않는 휴대폰을 바라보며 혼자 기다리는 건
이제 멈춰요.
미련 버리세요.

비움

누군가와 이별할 땐
그 사람에게 남아있는 감정 모두
곱게 접어 쓰레기통에 버려야 한다.

조금이라도 남아 있어 미련을 놓지 못한다면
내가 버린 쓰레기를 다시 집에 들고 올 테니까.

사람은 고쳐 쓰는 게 아니다

변한 사람 바꾸려고 하지 마세요.
어차피 안 바뀝니다.

나에게 상처만 주는 사람 곁에 있지 마세요.
변한 사람 옆에 있어봤자 당신만 힘들어집니다.

사랑에 목말라 죽어가는
불쌍한 자기 자신을 봐서라도
그 사람과 헤어지세요.

이별에 오래 아파하지 마라.
어차피 후회는 그 사람의 몫이다.

너는 그동안 최선을 다해서 사랑했으니
너에게 상처 준 그 사람 한 명을 잊으면 그만이지만
그 사람은 평생 자신을 사랑해줄
단 한 명뿐인 소중한 인연을 놓친 것이다.

후폭풍

나를 두고 떠난 네가 꼭 힘들어했으면 좋겠다.
어딜 가든 뭘 하든 남아있는 내 흔적에
가슴 아파했으면.

하루에도 수백 번씩 연락을 보낼지 말지
고민하며 잠 못 이루었으면.

함께 찍은 사진, 나눴던 대화들을 보며
못 해준 것들만 떠올라 땅을 치고 후회했으면.

너도 새벽이 오기를 두려워했으면.
잊으려 해도 좋았던 기억만 선명하게 남아
하루하루 추억 속에 갇혀 허우적대는
그 지옥을 경험했으면.

아무리 아파하고 후회해도
돌아갈 수 없다는 걸 깨닫고
너도 무너져버렸으면.

재회가 미친 짓인 이유

1. 다시 만나도 행복해질 수 없다.

행복했던 그 시절로 돌아가고 싶어서

재회를 바라는 것일 테지만 그건 착각이다.

다시 만난다 한들 설렘 가득했던 그때로 돌아갈 수 없다.

2. 이미 많은 것들이 변했다.

둘 사이도 변했고, 서로에 대한 감정도 변했다.

이미 둘 중 한 명이 마음이 떠나서 헤어졌다.

더 이상 날 사랑하지 않는 상대방을 다시 되돌릴 순 없다.

억지로 붙잡았다 한들 이미 예전만큼 당신을 사랑하지

않는다.

3. 눈치를 보게 된다.

이미 한 번 헤어진 적이 있기 때문에

또다시 이별을 맞지 않기 위해 눈치를 보게 된다.

"혹시 이런 내 행동을 싫어하면 어쩌지? 날 질려 하면
어쩌지?" 하며

조심스럽게 행동하게 된다.

가장 가깝고 서로의 있는 그대로의 모습을 사랑해줘야 할
연인 관계에서 갑과 을이 생기고 눈치 보는 순간

그 관계는 이미 끝난 거다.

지나간 것은, 지나간 대로

나 싫다고 떠난 사람 붙잡겠다고 애쓰지 마라.
돌아오게 만드느니,
그 노력이면 열 배는 더 잘난 사람 만난다.

나 자신을 잃어가면서까지
붙잡아야 할 인연은 어디에도 없다.
당신의 소중함을 알지 못하고 떠나버린
지난 사랑에 매달릴 만큼 당신은 못나지 않았다.

그러니 이미 나에게 등을 돌린
그 사람에게 닿지 않을 손을 뻗기보다
그 시간에 내가 더 나은 사람이 될 수 있도록 노력해라.

그동안 그 사람에게만 쏟아부었던 애정을
이젠 나에게 집중해주자.
날 놓친 그 사람이 뼈저리게 후회할 만큼
멋진 사람이 되자.

안 그래도 충분히 예뻤던 당신이
더욱 매력적인 사람이 되었는데
더 좋은 인연이 찾아오지 않을 리 없다.

분명 당신을 미소 짓게 해 줄
새로운 사랑을 만나 다시 행복해질 수 있을 것이다.
충분히 그럴만한 가치가 있는 당신이니까.

시소

사랑했지만 내가 먼저 놓기로 했다.
갈수록 변해가는 너의 모습을 더는 볼 수 없었다.

연인 관계는 시소와 같아서
한쪽만 남아있다고 균형이 유지되는 게 아니더라.

연애는 내가 행복하려고 하는 건데
옆에 있는데도 외로운 연애는 사랑이 아니었다.

그래서 내가 먼저 놓기로 했다.
아니, 놓아야만 했다.

나 혼자 사랑

늘 혼자 오지 않는 연락을 기다리고
늘 혼자 서러움을 삼키고
늘 혼자 상처받았다면
당신이 해야 할 일은 하나.

헤어지세요.
혼자 사랑한 겁니다.

다가오지 마세요

끝까지 책임질 자신이 없다면
오는 발걸음 멈추고 돌아가 주세요.
어중간한 감정 가지고 사랑을 시작하고 싶지 않아요.

옅은 관계는 이제 지쳤어요.
확신이 없는 사랑은 상처만 남길 뿐이니까.

예고 없이 찾아와서는 세상을 줄 듯하다가
비겁하게 도망칠 거면 처음부터 다가오지 마세요.
나는 더는 상처 같은 거 감당할 자신이 없어요.

당신은 다시 사랑할 수 있다

사랑을 시작하기 전
상대에게 관심을 가지고 다가가고
서로의 마음을 확인하고
그 사랑이 이루어지기까지의 과정은 꽤 복잡하다.

그러나 이별은 그 반대다.
함께 확인하던 사랑은 둘 중 한 명의 독단적인 결정으
로 끝이 난다.
혼자 남겨진 사람은
여전히 진행 중인 사랑이 한순간에 끝났으니
그 사실에 아파할 수밖에 없는 것이다.

사랑이 어려운 이유는 두 사람이 같은 마음으로
쭉 이어져야 하기 때문이다.
둘 중 한 명의 사랑이 바닥 나는 순간
그 관계는 끝나기 때문에.

먼저 마음이 식어버린 쪽은

식어버린 마음만큼이나 차가워진다.

늘 따뜻하게 나를 대해주던 사람이

어느 순간 차갑게 돌아서 버리면

그 온도 차에 적응하지 못하고

이별이라는 감기에 걸리게 된다.

그리고 그 감기는 오래 나를 괴롭힌다.

하지만 어쩌겠는가. 이미 헤어졌는데.

받아들이고 다시 내 삶을 찾는 수밖에 없다.

그저 인연이 아니었을 뿐이다.

지금이 아니더라도

언젠가는 떠났을 사람이다.

사랑에 실패한 사람들이여,

용기를 가져라.

한 번의 사랑이 끝났다고

다시 사랑할 수 없는 것이 아니다.

분명히 말하지만, 당신은 다시 사랑할 수 있다.

어느 한 카페에서 너에게 첫눈에 반한 나.

네 덕분에 사랑을 알았고
네 덕분에 사랑을 느꼈고
네 덕분에 사랑을 할 수 있었다.

나에게 너란 존재는 내 세상이었고, 우주였다.
그랬던 너에게 난 왜 그리도 모질었는지.
너무 못난 사람이라 미안하다.

너무 서툴렀어서, 못해준 것들만 떠올라서
이리도 후회만 남았나 보다.
좋은 사람에게 좋은 사람이 되어주지 못해서
이리도 아픈가 보다.

너의 모든 것에 감사한다.
잠시나마 너의 시간에 머무를 수 있었음에.
예쁜 꽃을 품을 수 있었음에.
너의 안녕을 빈다.

이별이 남기고 간 것

사랑의 끝이 고통만을 남긴다면
그 누구도 사랑을 시작할 수 없을 것이다.
물론 사랑하는 사람과의 이별은
그토록 아프지 않을 수가 없다.

하지만 이별이란 단순히 고통만을 남기는 것은 아니다.
누군가를 만나고, 나와 다른 존재에 대해 알아가고,
그 사람과의 많은 경험을 함께하며
아름다운 추억들을 남기고
사랑을 표현하는 법,
사랑을 받는 법 등 많은 것들을 남긴다.

이 경험들은 나를 더욱 나은 사람으로 만들고
그 속에서 우리는 성장한다.

이별에 슬퍼하지 않을 수는 없다.

오히려 실컷 슬퍼해야 한다.

슬프지 않으면 그건 사랑이 아닐 테니까.

이별에 아파하는 건

그만큼 그 사랑에 진심이었다는 뜻이니까.

하지만 슬퍼하되, 쓰러지지는 말자.

울고 싶으면 울어라.

아픈 만큼 쏟아내라.

하지만 울음이 그친다면 그땐 다시 일어나자.

당장 너무 힘들고 아프겠지만

우린 이별의 고통에 무너지기보다

이별이 우리에게 남기고 간 것들을 기억해야 한다.

다시, 사랑

이별이 아프고 힘들다고 해서
다시는 사랑하지 않겠다고 다짐하지 마라.

이별은 사랑의 끝이 아닌
또 다른 사랑의 시작임을 알리는 신호이니
더욱 성숙해진 모습으로
새로운 사랑을 맞이할 준비를 해라.

그렇게 만남과 이별을 반복하다 보면
자연스럽게 사람을 보는 안목이 길러진다.
또, 아닌 인연을 끝내야 할 때 끝낼 수 있는 용기와
다시 사랑할 수 있다는 자신감이 생긴다.

인생에 사랑은 한 번 찾아오는 게 아니다.

그러니 이별에 좌절하지 마라.

사랑은 또다시 당신을 찾아갈 테니까.

보다 더 완벽에 가까운 모습으로.

사랑을 시작할 때

사랑은 여자의 옷이 아니라
마음을 벗기고 싶을 때 시작하세요.

구석구석 어딘가에 상처가 있지는 않은지,
어떤 아픔을 가지고 있는지.
그 치부마저도 안아줄 수 있을 때.

내가 어떻게든 이 사람을
행복하게 해주고 싶다고 다짐했을 때.

더는 사랑에 아파하지 않길

그동안 사람들에게 큰 상처를 받은 네가
제발 이제는 좋은 사람을 만나 사랑했으면 좋겠어.

너의 모든 것을 궁금해하고, 걱정해주고,
늘 예쁘다. 고맙다, 사랑한다는 표현을 아끼지 않는 사람.

다른 사람에겐 다 쌀쌀맞을지 몰라도
너한테만 한없이 다정하고
너한테 만큼은 너무나도 쉬운 사람.
세상이 너를 중심으로 돌아가는 그런 사람.

가장 소중한 너는 그런 사람을 만나
평생 큰 사랑만 받으며 행복해야만 마땅한 사람이니까.

다 필요 없고 나 좋다는 사람이 최고예요.
사랑받는 것보다 행복한 게 또 있을까요.

꿈

내 꿈?

그냥 내 옆에 네가 있는 삶.
함께 밥을 먹고, 함께 잠을 자고, 함께 울고 웃는.
모든 희로애락을 너와 함께하는 삶.
내 세상이 온통 너로 가득 차버린 삶.

그게 내 꿈이야.

초췌함

나는 당신의 초췌한 모습이 좋다.

물론 밝게 웃어 보일 때면
나도 덩달아 흐뭇하게 미소 짓게 되지만,

지친 발걸음을 이끌고 내게로 와
품 속에 기대며 힘들다고 칭얼댈 때면
나는 그런 당신이 더욱 사랑스러워 보인다.

누구 앞에서나 밝은 모습으로 지내는 당신이지만
그 뒷 편에 숨겨진 아픔마저 공유할 수 있는 건
나뿐인 것 같아서.
정말 내가 당신에게 특별한 존재라는 게
실감 나기 때문에.

그러니 당신의 어두운 모습을 숨기려 하기보다

오히려 더 자주 드러내 줬으면 한다.

당신의 초췌함 따위

내겐 그저 사랑스러움일 뿐이니까.

섬세한 사람

섬세한 사람을 만나라.
당신이 무엇을 싫어하고 무엇을 좋아하는지
사소한 변화를 알아보고 관심 가지는 사람을 만나라.

당신이 웃을 때 어떻게 하면
더 환하게 웃을 수 있는지
당신이 울 때 어떻게 하면 다독여줄 수 있을지
감정에 공감해줄 수 있는 사람과 함께 해라.

당신의 마음을 읽을 줄 아는 사람은
절대 당신을 외롭게 만들지 않을 테니까.

첫사랑

첫사랑이란

모든 게 미숙했던 그 시절
갑자기 내리는 소나기처럼
예고 없이 찾아와
처음 사랑이라는 감정을 느끼게 해준 사람.

잊으려 해도 잊히지 않으며
가장 행복했지만 그래서 가장 아팠고
가장 순수했지만 그래서 서툴렀고

지금도 떠올리면
그 사람의 웃는 모습에 가슴이 아려오는 그런 사랑.
내 인생의 한 페이지를
눈물겹도록 아름답게 장식해준 사람.

첫사랑은 그 시절 그 자체였다.

잘 지내시나요.

닿지 않을 안부를 전합니다.

당신의 모든 것을 응원합니다.

부디 행복하시길.

나를 잃으면서까지 누군가를 사랑하지 말 것.

나의 전부를 주며 호구처럼 희생하지 말 것.

외로움에 목이 말라 사랑을 갈구하지 말 것.

아픈 사랑은 사랑이 아님을 명심할 것.

2부

사람

좋은 사람들과 행복만 하기에도
짧은 인생입니다

일당백

무조건적인 내 편 한 명이면 족하다.

잠깐 스쳐가는 인연 100명보다
내가 어떤 모습이든
변함없는 모습으로 내 곁에 남아주고
어떤 상황에서도 내 편에 서주는 사람 한 명이
훨씬 소중한 법이다.

기쁠 때나 슬플 때나 언제든지 옆을 돌아보면
늘 옆자리에서 날 응원해주는 그런 사람.

그런 사람이 있다면
그 인연을 소중히 대하도록 해라.
내 인생에 가장 든든한 지원군이 되어줄 테니까.

언제든 편하게 "술 한잔하게 나와" 할 때

나와주는 사람 한 명이면 복 받은 거고

두 명이면 과분한 거고

세 명이면 그건 성공한 인생이더라.

놓치면 안 될 사람

절대 잊지 마라.

내가 가장 힘들고 우울할 때
누가 내 곁에 있어줬는지.

해답 없는 절망감에 무너져갈 때
누가 내 손을 잡아줬는지.

슬픔에 못 이겨 울고 있을 때
누가 내 목소리를 듣고 다독여줬는지.

무채색이었던 내 삶에

한 줄기 빛이 되어준 그 사람,

절대 놓치지 마라.

주변 환경

자존감을 높이기 위해선
주변의 환경이 가장 중요하다.

나의 가치를 알아주는 사람들을 곁에 두어야
그 사람들로 인해 자신의 가치를 잃지 않으며
자연스레 나를 사랑할 수 있게 된다.

하지만 반대로
나의 가치를 헐값으로 매기는 사람들을 곁에 두면
그 사람들의 영향으로
나까지 나의 가치를 떨어트릴 수밖에 없게 된다.

그러니 부디 당신을 깎아내리는 관계라면

단호하게 잘라내라.

좋은 사람들과 좋은 말만 들으며

행복하기에도 짧은 인생이다.

나의 가치를 더럽히는 사람들은 곁에 둘 필요가 없다.

도움이 되는 사람을 만나세요

인생은 혼자 살아갈 수 없기에
사람들과 인연을 맺는 건 매우 중요합니다.
하지만 어떤 인연을 맺는지가 더욱 중요합니다.

사람을 만나는 건 좋습니다.
단, 도움이 되는 사람을 만나세요.

물질적인 도움을 말하는 게 아닙니다.
적어도 함께하며 살아가는 동안
나에게 피해를 줄 사람이면 안 된다는 뜻입니다.

대표적인 예로

거짓말이 습관인 사람,

남 험담을 즐기는 사람,

필요할 때만 연락하는 사람은

인생에 전혀 도움이 되지 않는 사람들입니다.

한 번뿐인 인생

나에게 도움 되는 사람들로 주변을 채우세요.

그것만으로도 보다 활력 있는 삶을 살아갈 수 있게 됩니다.

적당한 거리

사람은 늘 모닥불같이 대해야 한다.
너무 가깝지도, 너무 멀지도 않게.
적당한 거리에서 따뜻하게.

춥다고 안아버리면 너무 뜨거워서 상처를 입고
너무 떨어져 버리면 쓸쓸함을 견딜 수 없을 테니까.

남에게 물어봐야 하는 관계

남에게 물어봐야 하는 관계는 이미 끝난 겁니다.
사실 본인이 제일 잘 알고 있지만
애써 부정하고 싶은 마음에
이 사람, 저 사람한테 물어보는 거겠죠.

남에게 물어봐야 한다는 건
그만큼 당신에게 확신을 주지 않았다는 증거이고
그 자체만으로도 이미 좋은 관계가 아니라는 겁니다.

그만 하세요.

그 관계를 계속 이어가봤자 당신만 힘들 뿐입니다.
상처받을 걸 뻔히 알면서도 내려놓지 못하는
그 마음이 당신을 더욱더 아프게 하는 거예요.

이제는 그 아픈 관계를 정리해야 할 때입니다.

내 편은 반드시 있다

내가 모두를 사랑할 수 없듯
모두가 날 사랑해주지 않으니
날 싫어하는 사람들의 목소리에는 귀를 닫고
네가 원하는 삶을 살아라.

굳이 남의 입맛에 맞춰 살지 않아도
너를 좋아해 줄 사람은 반드시 있다.

흐르는 물처럼

떠날 사람이라면 내가 아무리 애원해도 날 떠날 것이고
남을 사람이라면 가라고 등 떠밀어도
알아서 남아줄 것이고
돌아올 사람이라면 오지 말라고 해도 돌아올 것이다.

물은 위에서 아래로 흐른다.
내가 아무리 원한다고 한들
물이 아래에서 위로 흐를 일은 없다.

인간관계도 똑같다.

떠난 사람 잡고 싶다고 잡을 수 있는 게 아니다.

하지만 지금 이 순간에도 내 진짜 인연들은

물 흐르듯 나에게로 흘러 들어오고 있다.

그러니 인간관계에 연연하지 마라.

알아서 두면, 결국 내 사람만 곁에 남을 것이다.

내려놓음

처음엔 누군가가 나를 떠난다는 게 무서웠다.
그래서 내 사람과 어긋나려 할 때면
자존심 다 버려가며 어떻게든 이어가려 애썼다.
그러다 보니 나와의 관계를 쉽게 보는 사람이 생겼다.

이제 애쓰지 않기로 했다.
애초에 내가 희생해야만 이어지는 관계라면
그 자체만으로 내 사람이 아니라는 증거이다.
인연이라면 매달리지 않아도 곁에 남는 법이니까.

비워야 할 사람을 구분할 줄 알아야
새로운 빈자리에 좋은 사람이 채워질 수 있다.
비워내고 다시 채우고를 반복하다 보면
비로소 건강한 인간관계가 만들어질 것이다.

먼저 놓았다면, 놓쳐주세요

내 손 놓은 사람 절대 다시 잡는 거 아니다.
한 번이 어렵지, 두 번부턴 쉬워지는 게 사람 심리다.
한 번 내 손을 놓은 사람은
두 번, 세 번 언제고 또다시 놓을 사람이다.

끝난 인연은 끝날 이유가 있던 것이다.
상대가 놓았다면 그냥 놓쳐줘라.

무의미

이미 여러 번 기회를 줬음에도 변하지 않는 사람은
애초에 변할 마음이 없다는 것이다.

괜히 마음 쓸 필요도, 더 믿어줄 가치도 없다.
끊어내면 된다.

나를 위해 노력할 마음이 없는 사람과
관계를 유지하는 만큼 부질없는 건 없다.

기대

기대하지 마라.
어차피 너의 기대를 채워주지 않는다.

기대하지 않으면
실망도 하지 않는 법.

사람에게 기대하지 않는 습관을 들어야 한다.
기대하지 않으면 편하다.

나를 엉망으로 만드는 관계

맞지 않는 구두를 신으면
자주 삐끗하고 발이 불편해
종일 신경 쓰이며
제대로 된 생활을 할 수가 없습니다.

구두 하나 잘못 신었을 뿐인데
그날 하루가 엉망이 됩니다.
이렇듯 인간관계도 똑같아요.

맞지 않는 관계 하나가
나의 하루를 엉망으로 만듭니다.
그러니 나와 맞지 않는 관계라면 벗어내세요.

내 인생이 엉망이 되기 전에.

인간관계 권태기

인간관계에 신물이 날 때가 있지.

나와 맞지 않는 사람들은 너무도 많고
그 사이에서 억지로 나를 끼워 맞추기도 버겁고
사람들을 대하는 게 점점 어려워질 때.

누가 진짜 내 사람이고, 누가 가짜인지도 헷갈리고
이 모든 생각을 하는 것 자체가 싫증이 날 때.
내가 왜 스트레스를 받아야 하는 건지도 모르겠고
혼자 있는 게 편해지고
그러다 보니 점점 사람들을 만나는 게 꺼려질 때가 있지.

이렇게 보면 참 인간관계라는 게
피할 수 없는 숙제인 것 같아.
결국 우리는 혼자서는 살아갈 수 없고
좋든, 싫든 사람들과 함께 지내야 하니까.

하지만 그럼에도 절대 변하지 않는 사실이 하나 있어.

아무리 널 괴롭히는 사람들이 많다고 해도
너의 주변에는 너를 좋아해주는 사람들이
더욱 많다는 거야.
이것만큼은 장담할 수 있어.

그러니 날 좋아해 주는 사람들에게만 잘하면 돼.
굳이 내 편이 아닌 사람들 때문에
스트레스 받을 필요 없어.

잘못된 교육

우리는 어렸을 때부터 이렇게 교육을 받는다.

"친구들과 사이좋게 지내야 해"
"늘 상대방을 배려해야 해"
"친구한테 양보할 줄 알아야지"

이렇듯 어릴 적부터 머릿속에 각인된 이 법칙은
훗날 진짜 인간관계를 대할 때도 나타난다.

사람들과 사이좋게 지내야 하며
나는 상대방을 늘 배려해야만 하고
양보해야 한다고.

그러기 위해 나는 내가 피해를 입더라도
참고 사람들에게 잘해야 한다고.
그래야 좋은 사람이라고 배웠으니까.

물론 타인을 배려하고 위해준다는 건
정말 멋진 일이지만
중요한 건 그 호의를 누구한테 베푸느냐이다.

내가 베푼 호의를 권리로 착각하고
악용하는 사람들에게 배려할 필요가 있을까.
나의 '착함'을 '만만함'으로 받아들이는 사람들에게
양보가 과연 무슨 의미가 있을까.

착하게 사는 게 나쁘다는 게 아니다.
적어도 호구가 되지 않으려면
조금은 독해질 필요가 있다는 것이다.

이제는 생각을 조금 다르게 바꿔보자.

나를 가볍게 여기는 사람들과 사이 좋을 필요 없으며
배려해야 마땅한 사람들에게만 배려해주고
감사할 줄 아는 사람들에게만 양보해야 한다고.

적당한 냉정함을 가져야 한다.

거리두기

이 세상 모든 사람들은
남에게 상처 줄 권리도, 상처받을 의무도 없다.

습관적으로 당신의 결점에
상처 내려는 사람들과 거리를 둬라.

날카로운 사람들 속에서 상처받지 않으려 애쓰기보다
애초에 당신의 연약함마저 감싸주는 사람들 곁에서
작은 상처조차 하나 없이 행복만 하기를.

친구

내 겉모습만 보고 다가와서는
조금이라도 자기의 입맛에 맞지 않으면
등 돌리는 사람들 투성이다.

애써 그럴듯하게 꾸민 겉모습뿐만 아니라
그 속에 감춰진 치부마저 들켰을 때
그걸 왜 이제 이야기했냐며 술 한 잔 건네는 너라면
진짜 인연이겠지.

나는 그런 친구를 원한다.

정이 많은 당신에게

너는 정이 무척이나 많지.
부탁을 쉽게 거절하지 못하고
사람을 너무 쉽게 믿어버리잖아.

그러다가 크게 뒤통수도 맞고
사람들에게 상처도 많이 받았을 거야.

이제는 네가 사람과
어느 정도 거리를 둘 줄 알았으면 좋겠어.
쉽게 정을 주지 않고, 사람을 경계할 줄 알았으면 좋겠어.

세상에서 가장 소중한 사람은 바로 너 자신이야.
누구보다 너를 먼저 챙기고
너 자신을 가장 사랑했으면 좋겠어.

이제 그만 상처받자.
나는 네가 항상 행복했으면 좋겠어.

3부

삶

미우나 고우나 나는 평생을
나와 함께 살아가야 한다

어른이 된다는 건

어른이 된다는 건 원래 어려운 거야.

책임져야 할 것들이 점점 많아지고
여기저기 치이다 보니 몸과 마음은 지쳐가고
어릴 땐 몰랐던 어려움이 한두 가지가 아니지.

하지만 너무 남 눈치 보며 살지는 마.
너의 인생이잖아.
무엇을 하든 당당하게 너 하고 싶은 거 하면서 살아.
남들이 정해준 기준에 너를 맞추지 마.
너는 너대로 살아가면 돼.

주변 신경 쓰며 억지로 어른스러운 척하지 않아도 좋아.
어른도 가끔 어리광 피울 수도 있지.
힘들 땐 힘들다고 말해도 돼.
울고 싶으면 울어도 돼.
아무도 너를 비난하지 않아.

부담감은 조금 내려두고 마음 편하게 먹자.
어른이라고 모든 고통을 짊어져야 하는 건 아니니까.

과거가 있기에 현재의 내가 있다

지나가버린 것들은 미련을 남긴다.

그때 행복했는데, 그때 좋았었는데 하는 것들.
하지만 이미 지나가버린 시간은 되돌릴 수 없고
우리는 이제 추억이 되어버린 그 시간을
그리워하는 일밖에는 할 수 없다.

하지만 아름다운 추억이 남았음에 감사하자.
그 추억들이 있기에 현재의 내가 있는 것이고,
우린 앞으로도 예쁜 추억들을 만들어가면 되는 것이다.
세상은 넓고, 앞으로 살아갈 날은 많으니까.

후회 없는 인생을 살길

잘 살다가도
언제 죽을지 모르는 게 인생이고
내일 당장 무슨 일이 생길지 아무도 몰라.
그러니 마음 내키는 대로 살아.

가장 중요한 건 지금이야.
지금 당장 행복해야 해.

행복을 아껴두지 마.
누구도 너의 인생에 간섭할 자격 없어.
너 좋아하는 거 하면서 마음대로 살아.
매일매일 후회 없이 행복하게 살아.

예상하지 못한 행복

앞으로 네가 예상하지 못한
불행과 고통이 널 괴롭힐 거야.
그렇다고 낙담하지 마.

그만큼 네가 예상하지 못한
행운과 행복들도 많을 테니까.

가령
생각치 못한 기회가 찾아온다든가
좋은 친구를 사귀게 된다든가
평생을 함께할 사랑이 찾아온다든가
간절히 원했던 목표를 이루게 된다든가

여러 가지 생각지 못한 기쁨을 누리게 될지도 몰라.

인생 정말 모르는 거잖아.

분명 힘들고 아픈 날도 있겠지만

예상치 못한 행복한 날도 많을 거야.

우리 그러니까 포기하지 말자.

희망을 내려놓는 순간 정말 고통밖에 남을지도 모르니까.

주눅 들지 말고 당당하게 어깨 펴고 살아가자.

힘듦은 사라지고 찬란한 날을 맞이하는 그 날까지.

충분히 잘하고 있어

남들 시선 신경 쓰지 마.
누가 옆에서 뭐라든 무시해.
남들의 비난에는 귀를 닫고 너의 갈 길을 가.

묵묵히 너의 길을 가다 보면 거리는 점점 벌어질 것이고
결국 그 사람들의 목소리는 더는 들리지 않을 테니까.

열심히 달려온 너는 이미 한참을 앞서 왔고
널 무시하고 깎아내리기 바빴던 그 사람들은
그 자리에서 여전히 남 욕이나 하며
한심한 인생을 살고 있을 테니까.

그러니까 남들 신경 쓰지 마.
지금 넌 충분히 잘하고 있어.

먹구름

불행은 언제나 예고 없이 우리 삶에 끼어들지.
하지만 불현듯 너를 찾아온 불행에 무너지지마.

네가 못나서가 아니야.
네 탓이 아니야.

그저 지나가는 먹구름일 뿐이야.
분명 다시 좋은 날 올 거야.

보이지 않아도 존재한다

바다를 보지 못했다고
바다가 사라지는 않듯이

너의 가치를 보지 못했다고
너의 가치가 사라지는 것은 아니다.

그러니 스스로의 가치를 의심하지 마라.
분명히 빛나고 있으니까.

넌 혼자가 아니야

언제나 잊지 말았으면 한다.
당신은 절대 혼자가 아니라는 걸.
누군가의 위로이자, 자랑이며
모두의 버팀목이라는 걸.

혼자라고 느껴질 때면,
사는 게 너무 고단하고 지칠 때면
잠시 우리의 어깨에 기대 쉬어가도 좋다.

당신이 우리를 지켜주고 있듯
우리 또한 당신에게 보탬이 되어주고 싶다.

혼자 이겨내려 하지 않아도 괜찮다.
당신 곁엔 우리가 있다.

흐림 뒤 맑음

비가 내리는 날에는
춥고, 번개도 치고, 바람도 불어
참 고달프죠.

하지만 비가 그친 뒤에는
맑은 하늘 아래로
꽃도 피고 무지개도 떠요.

모든 시련 뒤에는
예쁜 광경이 펼쳐진답니다.

그러니 지금 우리에게 닥친 시련을

조금만 참고 같이 견뎌봐요.

곧 머지않아 비가 그치고

화창한 날이 찾아올 테니까.

하루하루

시들 걸 알면서도 꽃을 사듯
죽을 걸 알면서도 살아가는 거죠.

하지만 인생의 마지막 날이 다가올 때
떠올릴 추억 정돈 있어야 하잖아요.

살아가는 동안 최대한 많은 경험을 하세요.

많이 웃어도 보고, 또 울어도 보고
힘들기도 했다가, 행복하기도 했다가
그렇게 사는 거예요.

그 경험들이 쌓이고 쌓여

추억이라는 이름으로 바뀌어

세상 그 무엇보다 값진 선물로 남을 거예요.

지금도 그 추억의 작은 조각 중 하나에요.

인생에 두 번 있는 날은 없어요.

하루하루가 다신 안 올 소중한 시간이에요.

그러니까 나의 오늘을 즐겨요.

실패는 사람의 특권이다

살다 보면
잘할 때도 있고 못할 때도 있는 거지
당장의 작은 실패에 좌절하지 말자.

뜻대로 되지 않기에 삶인 거고
자주 실패하니까 사람인 거다.
어떻게 매번 좋은 결과만 거둘 수 있을까.

우리는 사람이기에 완벽할 수 없다.
하지만 실패들을 경험 삼아
조금 더 성숙한 내가 될 수 있다.

그러니 순간에 연연하지 말고
길게 보고, 넓게 보자.
분명 결국엔 잘 될 거니까.

멀리 봐, 별거 아닐 거야.

극복

이 세상엔 나를 힘들게 하는 것들이 너무나도 많다.

잘하고 싶은 마음과는 다르게 자꾸만 엇나가는 꿈,

사랑하는 사람과의 이별,

나를 상처 내는 인간관계 등등

삶에 치이고 사람에 쓸리며 쌓인 상처들은

그 몸집이 커져 나를 위협한다.

하지만 그 힘든 시기가 지나가고

행복을 되찾았을 때

진정한 '행복'을 느낄 수 있게 되는 것이다.

이 악물고 버텨내며 이뤄낸 꿈,

시간에 의해 희미해진 이별,

나를 상처 내는 사람들 덕분에 얻은 안목 등

모두 내가 겪었던 고통이 없었다면
이루고, 이겨내고, 깨우쳤을 때
그 성취감 또한 없었을 것이다.
나는 성장할 수 없었겠지.

그러니 나를 힘들게 하는 무언가가 있다면
그에 맞서길 바란다.
지금 당장 이겨내라는 말이 아니다.
용기가 생기기 전까지 잠시 피해있어도 좋다.
하지만 마주해야만 하는 존재임은 분명하다.

피할 수 없다면
즐기지는 못하더라도 버텨내야 한다.
새벽이 지나고 아침이 오듯
고통 뒤에 반드시 행복이 찾아올 테니까.

모양

우리는 둥근 사람이 될 필요 없다.

세상에 적응하기 위해
자신의 개성을 숨기려
각진 모서리를 깎고
나 자신을 둥글게 만들지 마라.

우리는 모두 각자만의 모양이 있고
그 모양이 있기에 내가 특별한 것이다.

둥글어지면 낮은 경사에도 쉽게 굴러떨어지고 만다.
하지만 확실한 모양을 가진 우리는
미끄러지지 않고 자리를 지킬 수 있다.

나의 단점이라고 여겼던 모서리들이
사실 중심을 잡아주는 닻 역할을 해주고 있던 것이다.

그러니 나의 모양을 자랑스럽게 여기며
있는 그대로의 모습으로 살아라.

당신은 그저 당신이기에.

조금은 뻔뻔하게 살아도 된다

조금 뻔뻔해져도 된다.
내가 내키는 대로 살아야 한다.

대부분의 지나간 후회들은
내가 나답게 행동하지 못함으로써
생긴 후회가 제일 많다.
이제는 조금 더 뻔뻔해져라. 고집을 가져라.
너는 너다울 때 가장 가치 있다.
너 자신을 믿고, 너의 방법대로 나아가라.

다른 사람이 추천해주는 방식은
말 그대로 추천이지 정답이 아니다.
옷도 내게 어울리고 마음에 드는 옷을 입어야
만족하는 것처럼
삶의 방식을 굳이 다른 사람에게 억지로 맞추며
살아갈 필요가 없다.

운동하면서 몸 만들어가며

자기관리 하는 게 좋은 사람은 그렇게 하고

공부하면서 배경지식을 쌓아가는 게

즐거운 사람은 학습하면 되고

문화예술에 관심 있는 사람은

하고 싶은 예술을 재미있게 하면 된다.

너무 많은 걱정거리를 안고,

무언가에 미쳐보지 못하고,

조금 더 도전적이지 못하고,

내가 원하는 삶이 아닌

남이 원하는 삶을 살아간다면

반드시 후회한다.

우리는 살면서 수 없는 후회를 반복한다.

'그때 왜 그랬을까'

'왜 더 잘 하지 못했을까'

'그때 내가 ~했었다면 좋았을 텐데' 하며.

대부분 도전하지 못했을 때

그에 대한 미련으로 인해 큰 후회를 남긴다.

특히 내가 원하는 걸 얻지 못한 것보다,

내가 원하는 걸 시도하지 못했던 것에 대해 후회한다.

적어도 시도는 해보고

또 내 방식대로 행동했다면 실패했어도

내가 선택한 것이기에 경험이 될 수 있다.

다른 사람이 나를 어떻게 보든

뭐라 부르든 간에 그건 이미 중요하지 않다.

가장 중요한 건,

당신이 그들에게 뭐라고 대답할 것인가가 아닌가.

이제는 뻔뻔해져라. 가장 당신답게.

이제는 시도하라, 당신을 위하여.

"Just do it"

좌우명

비교는 하되 열등감은 버리고
나의 색깔을 칠해나갈 것.

상황을 현실적으로 바라보되
희망을 놓지 말 것.

사랑에 최선을 다하되
이별엔 더욱 최선을 다할 것.

나를 사랑하는 일을
남에게 떠넘기지 말 것.

쉽게 사과하지 마세요

어디 가서 쉽게 사과하지 마세요.
"죄송하다, 미안하다."라는 말, 쉽게 하지 마세요.

물론 잘못된 일에 사과를 하는 건 당연한 일이지만
필요 이상으로 사과의 말을 습관적으로 하다 보면
나도 모르게 나 자신을 위축시키게 됩니다.
다른 사람의 눈치를 보며, 자신감이 떨어지게 돼요.

눈치라는 게 사는 데 있어서
어느 정도 가지고 있어야 하는 건 맞지만
이게 스스로를 옭아매선 안돼요.

눈치도 적당히.
사과도 적당히.

나에게 조금 더 신경 쓰고
나의 기분을 살필 줄 아는 사람이 되세요.

내가 쓸모없는 사람이라는 생각.
멍청하고 할 줄 아는 게 없는 사람이라는 생각.
사랑받을 가치가 없는 사람이라는 생각.

앞으로 하는 일 모두 잘 안 될 거라는 생각.
아무도 내 곁에 있어 주지 않을 거라는 생각.
평생 우울하게 살 것이라는 생각.

이런 모든 생각 그만하고 끊어내버려.
쓰레기 같은 생각은 휴지통에 버리고

난 정말 괜찮은 사람이고

알고 보면 할 줄 아는 게 많은 사람이고

사랑받아 마땅한 사람이라고 생각해.

앞으로 하는 일 하나씩 잘 풀릴 것이고

분명히 내 곁을 지켜주는 사람들이 있으며

앞으로 반드시 행복해질 거라고 믿기로 약속하자 우리.

나를 사랑하는 연습

나를 사랑한다는 일이
누군가에겐 가장 어려운 일처럼 느껴질 수도 있어요.

그런 누군가에게 해주고 싶은 말은
사랑에도 연습이 필요하다는 겁니다.

내가 나를 칭찬해주고, 긍정적으로 생각하고,
나를 타박하지 않으며, 나를 위해주려 노력하는
이 모든 과정이 자신을 사랑하는 과정이고 연습입니다.

이렇게 하나씩 스스로를 사랑하는 연습을 하다 보면
정말 진심으로 나 자신을 아껴주는 날이 올 거예요.

그러니까 그날이 오기까지
부지런히 나를 사랑하는 연습을 하도록 해요.

모든 건 어렵게 생각하면 어려운 거고,
쉽게 생각하면 쉬워지는 법이에요.

분명히 할 수 있다고 믿어요.
내가 나를 받아들이고 사랑하게 되는 그날이
당신의 진정한 행복을 찾는 첫걸음일 겁니다.

좋아하는 일을 찾고 싶다면

하다 보면 시간 가는 줄 모르고
온종일 이 생각뿐이고
힘들어도 할 수 있는 그런 일.

그런 일이 뭔지 전혀 모르겠다면
100가지 버킷리스트를 적고 한 번 시도해봐.

다 하고 나면 마음속으로 되새겨 보는 거야.

내가 무슨 일을 할 때 시간 가는 줄 몰랐는지,
여전히 선명하게 추억에 남겨져 있는지,
어떤 장애물을 맞이해도 이것만큼은
내가 놓지 않을 수 있을 것 같다는 생각.

이런 생각들이 자연스럽게 들기 시작한다면
그건 내가 좋아하는 일을 발견했다는 신호야.

그 신호를 놓치지 않고 꼭 잡아봐.

어쩌면 그것이 인생의 전부가 될 수도 있으니까.

꿈을 향해

너의 인생이다.

누구도 대신 살아주지 않는다.

내가 더 노력한 만큼,

내가 더 애썼던 만큼,

내가 더 참고 견뎠던 만큼

반드시 되돌아온다.

아무도 대신 성공을 얻어다 주지 않는다.

알아서 먹이를 물어다 주는 어미 새는 없다.

무언가를 이루어내고 싶다면,

적어도 내 목표가 있고 꿈이 있다면

부지런하게 노력해라.

누워있지 말고 앉아라,

앉아있지 말고 일어서라.

내가 지금 느낀 힘듦은

분명히 가까운 미래에 그 값어치를 발휘할 것이다.

아가들이 걸음마를 시작하면

천 번은 넘어져야 걷는다는 말이 있듯

우리는 그렇게 천 번을 넘어지고 걷기 시작했다.

무엇도 못 할 게 없다.

너의 인생이다.

네가 해야만 한다.

천 번을 넘어지고도 다시 일어난 그 다리로

꿈을 향해 나아가라.

그냥 해보는 거야

우리는 늘 무언가를 시도했을 때 느끼는 후회보다
시도하지 못했을 때의 느끼는 후회가 더욱 크다.
어차피 둘 다 후회할 거라면
한 번쯤 용기를 내어보는 것이 좋겠다.

같은 후회여도
시도는 교훈을 얻지만, 포기는 미련을 남기기에.

초라할수록 발버둥 쳐라

지금 내 모습이 초라할수록 발버둥 쳐라.
볼품없는 나를 받아들이지 마라.

내가 나의 가치를 잃어버리는 건
내 세상을 잃어버리는 것과 같다.

아무리 내가 못나 보여도,
한심해 보이고, 보잘것없어 보여도
그렇지 않다고, 나는 절대 못나지 않았다고
스스로에게 외쳐라.

내가 가장 최악일 때
그 사실을 부정하는 것만으로도
반은 이겨낸 것이다.

오만한 사람

오만한 사람이 돼라.
나 잘난 맛에 사는 사람이 돼라.

자신감을 잃고 어깨 축 처져서는
주눅 들어 있는 것보다 추한 모습도 없다.
그러니까 차라리 재수 없을 만큼
오만한 사람이 돼라.

남들이 널 어떻게 보든
스스로를 낮추지 말고 오히려 당당해져라.
누구보다 가치 있는 당신이다.
세상 모두가 등을 돌려도
너만큼은 너의 편이 되어주어야 한다.

나만의 색깔

사람들은 각자만의 색깔을 가지고 있다.

제각각 다른 색들을 가진 사람들이 모여
함께 어울리며 살아간다.

그 속에서
누군가는 다른 사람들의 색에 물들어
결국 검은색이 되어버리고
누군가는 그중에서도 뚜렷한 색을 유지하며
예쁘게 빛난다.

선명한 색을 유지하는 사람들을 보면
다른 누구의 색도 묻지 않은
순수한 나만의 색깔을 가지고 있다.
있는 그대로의 내 모습, 그 자체인 것이다.

그렇게 선명한 색을 가진 사람들이 모여
무지개를 만들어낸다.

빨강, 주황, 노랑, 초록, 파랑, 남색, 보라
어느 하나 안 예쁜 색이 없다.

당신이 어떤 색을 가지고 있든, 예쁘다.
그러니 나의 색깔을 자랑스러워하며
다른 누구의 색도 묻히지 말고
'나' 그 자체로 예쁘게 빛나라.

자존감을 높이는 주문

나는 세상의 그 어떤 보석보다 빛나는 사람이며
우리 부모님이 빚으신 최고의 예술이다.

나보다 가치 있는 사람은 없으며
그 누구도 내게 흠집 하나 낼 수 없다.

나는 강하다. 누구보다 아름답다.
강하고 아름다운 나에게는
반드시 최고의 행복이 찾아올 것이다.

시간

시간은 많은 것들을 바꾸어 놓는다.

한 때 입을 생각만 해도
설레던 옷가지들과 신발도
유행이 지나면 옷장 구석에서
찬 밥 신세가 되기 일쑤고

어릴 적 추억들이 가득 찬 장소들이
알아보지 못할 만큼 변해있기도 하고

서로 죽고는 못살던 연인들도
이별을 맞이하기도 하며

또 이별에 아파하던 누군가는
언제 그랬냐는 듯 덤덤해지기도 한다.

이렇듯 시간이 흐를수록
과거의 것들은 퇴색되고
새로운 것들이 생겨나며
우리는 그 속을 살아간다.

살면서 우리는
사랑과 이별하고, 사람과 이별하고,
심지어는 시간과도 이별해야만 한다.

산다는 게 참, 이별의 연속인 것 같다.
그로 인한 그리움은 남겨진 자의 숙명인 것이고.

유독 그리운 시간들이 있습니다.
다시 돌아갈 수 없다는 걸 알기에 더더욱.
누구나 머물렀던 그 시절 10대의 학창 시절이
가끔은 너무 그리울 때가 있습니다.

학교에 가면 당연한 듯 모여 웃고 떠들던 일상이,
등굣길에 들리는 익숙한 학교 종소리가,
수업 시간에는 조용하다가
쉬는 시간만 되면 시끌시끌 해지던 그 10분이,
비 오는 날 창문 사이로 들리는 빗물 소리가,
공 튕기는 소리가 전체에 울려 퍼지던 강당이,
창가에서 한 눈에 보이던 넓은 운동장이,
그 속에서 뛰어놀았던 체육시간이.

점심시간이 되면 친구들로 북적대던
급식실의 맛있는 냄새가,
학교가 끝나고 교문을 나서면 보였던
노을 진 학교의 모습이,
몸은 지쳤어도 발걸음은 가볍던 하굣길이,
학교 끝나고 친구들과 모여 가던 피시방, 노래방.

언제 봐도 편하고 좋았던 그 친구들이 그립고
그 친구들 속에서 웃고 있었던 내가 그립고
이 모든 것들이 있었던 10대가 그립습니다.

이토록 그립다는 건
그 순간이 그만큼 행복했다는 것이겠죠.

다시 돌아갈 순 없지만

그래도 우리가 머물렀던 학창 시절의 추억은

영원히 가슴 속에 남아있습니다.

누구도 빼앗을 수 없고

가끔은 이렇게 꺼내 볼 수도 있죠.

그것으로 만족합니다.

가장 순수했고, 마냥 행복했던 어린 시절,

그 자체가 있었다는 것을 다행으로 삼고

오늘은 그 순간을 함께 보냈던 친구들에게

연락 한 통 해보렵니다.

지울 수 없는 것

연필로 강하게 눌러쓴 글씨는
지우개로 지워도 연필심이 지나간 자국이 남고

깊게 파인 상처는
시간이 지나고 새살이 돋아도 흉터가 남는다.

많은 상처가 시간이 지나면 잊힌다지만
아무리 오랜 시간이 흘러도 잊히지 않는 상처들이 있다.

시간은 약이 아니다.
지우고 싶어도 지울 수 없는 것들이 있다.

그냥

사실대로 말하기엔 용기가 없어서
거짓말하기엔 마음이 쓰여서
아무 말도 안 하자니 너무 힘들어서
그래서 하는 말.

"그냥"

척

괜찮은 척, 밝은 척, 행복한 척
척하는 게 습관이 되어버린 요즘이다.

주변 사람이 요즘 무슨 일 있냐고 물어봐도
괜찮다고 말하게 된다.

혼자 있을 때면 해답 없는 우울함에
허우적대며 괴로워하다가도
옆에 사람들이 있을 때는
애써 밝게 미소 짓는다.

마음속은 이미 너덜너덜한데
불행하지 않다며 행복한 척하며 지낸다.

바램이 있다면

이런 척들이 쌓여서 현실이 될 수 있으면 한다.

척하는 게 아니라

정말 괜찮고 밝고 행복한 날이 찾아왔으면.

요즘 많이 힘들죠

힘들죠, 요즘.
사랑엔 늘 실패하고, 꿈은 멀리 있는 것 같고
인간관계는 또 뭐가 그리 어려운지
갈수록 사람들과 멀어지게 되는 것 같고

다들 나 빼고 잘 사는 것만 같진 않나요.
혼자서 발 동동 구르고 있는 것 같고.

나만 힘든 거 아니라고, 다들 힘들다고 하는데
또 남들 다 힘들다고 내가 안 힘든 건 아니잖아요.
많이 힘들죠, 외롭고. 힘들어 보여요. 지친 게 보여요.
근데 있잖아요. 그래도 당신 멋있는 사람이에요.

혼자 힘들어하면서 어떻게든 버텨내려 하는

당신이 정말 진심으로 멋있어요.

당신에게 너무 애쓰지 않아도 괜찮다고 말해주고 싶어요.

이미 당신은 존재 자체만으로

충분히 가치 있는 사람이니까요.

오늘만큼은 근심 걱정은 잠시 접어두고, 푹 쉬어요.

오늘도 고생 많았어요.

고마워요, 버텨줘서 고마워요.

당신이 너무 자랑스러워요.

산이 아름다운 이유

지칠 때면 잠시 쉬어가는 것도 좋아.

산이 아름다운 이유는
올라가는 중간중간 여유를 가지며
풍경을 바라볼 수 있기 때문이야.

누구나 산을 오를 때
정상까지 앞만 보고 달려가라고 한다면
숨이 차 중간에 포기할 수밖에 없을 거야.

그러니까 여유를 가져.

중간에 몇 번이라도 쉬어도 돼.

좋은 공기도 맡고 예쁜 풍경도 보며

정상을 향해 한 발자국씩 내딛는 거야.

마침내 정상에 다다랐을 때

세상에서 가장 멋진 풍경이 펼쳐질 거야.

그때 그 순간을 맘껏 즐기면 돼.

외로운 새벽

누군가의 온기가 절실한 이 새벽
내가 나를 안아주기로 했다.

괜찮다.

세상이 아무리 날 괴롭혀도
매일 밤 외로움에 몸부림쳐도
원하던 것들이 손에 잡히지 않아도

괜찮다.

결국, 난 행복해질 거니까.

결국, 난 사랑받을 거니까.

결국, 난 이루어낼 거니까.

괜찮다, 괜찮아.

자존감이 낮은 한 아이의 이야기

한 아이가 있었다.

원래는 밝고 활발한 아이였지만
사람들에게 크게 데인 후로
언제나 주변의 눈치를 살피며
상처받지 않기 위해 사람들을 피하고
홀로 지내던 아이.

아이는 혼자인 게 외로웠지만
누군가에게 마음을 여는 걸 어려워했다.
자존감은 이미 낮아질 대로 낮아졌고
사람들이 무서웠다.

그때 또래로 보이는
친구 한 명이 아이에게 다가와 말을 건넸다.

"우리 나가서 같이 놀자"

아이는 대답했다.

"싫어. 사람들은 너무 위험해."
"난 또다시 상처받는 게 무서워"

그러자 친구가 말했다.

"내가 널 지켜 줄게."
"무슨 일이 있어도 내가 너의 편이 되어 줄게."

아이는 든든한 친구의 말에 용기를 얻고
밖으로 나가 다시 사람들과 어울릴 수 있었다.

어떤 상황에서도 늘 나의 편에 서서
응원해주는 친구가 있었기에
아이는 다시금 자존감을 되찾을 수 있었다.

그 친구의 정체는 바로 또 다른 '나'였다.

자존감을 높이고 사람들에게 상처받지 않기 위해
필요충분조건은 다른 누구도 아닌
내가 나의 편이 되어주어야 한다는 것이다.

내가 나를 지켜준다면
세상에 두려울 게 없다.

힘낼 필요 없어요

지금 힘들다는 건 힘을 내기 어렵다는 거잖아요.
그럼 힘낼 필요 없어요.
억지로 이겨내려 하지 않아도 괜찮아요.

누구도 상처가 생긴 곳을 이겨 내야 한다며
상처 부위를 긁지는 않잖아요.

상처가 아물 때까지 시간이 걸리듯
다시 힘이 나기까지 시간이 걸려요.

힘들면 억지로 힘내려 하지 말아요.

충분히 쉬세요. 괜찮아질 때까지.

다시 일어날 수 있다는 용기만 잃지 마세요.

따듯한 위로 한 잔

인생에 큰 도움이 되는 조언보다,
정신이 바짝 드는 명언보다
가끔은 따듯한 말 한마디가 필요할 때가 있다.

냉정한 사회에서
자신을 채찍질하지 않으면
살아남을 수 없다는 게 현실이지만

지금 이 순간만큼은
따끔한 조언보단 따듯한 위로 한 잔 내주고 싶다.

수고했다고, 고생 많았다고.
꿈을 위해 노력하느라,
낯선 세상에 적응하느라,
지독한 현실과 맞서느라
정말 애썼다고.

이제 곧 빛이 보일 거라고.

고지가 바로 눈앞에 있다고.

그동안 힘들었던 만큼

좋은 결과가 기다리고 있을 거라고.

그러니 오늘 밤에는 긴장을 풀고 푹 주무시길.

좋은 꿈 꾸세요.

그럴 자격 충분히 있으니까.

당신의 집이 되어 줄게요

바라는 것이 하나 있다면
내가 당신의 집이 되어주고 싶다.

힘든 하루를 보낸 후 마음 편히 기댈 수 있는 곳.
누구의 눈치도 보지 않아도 되고
지친 몸과 마음의 피로를 풀 수 있는 곳.
고단했던 하루의 끝을 안아줄 수 있는
아늑한 보금자리가 되어주고 싶다.

행복해지기에 쉽지 않은 삶,
가는 곳마다 길을 헤매고
착잡한 현실과 타협하고
자존감은 갈수록 낮아져가고
그렇게 아등바등 하루를 살아가고 있는 당신에게
조금이나마 위로가 될 수 있는
그런 집이 되어주고 싶다.

그러니 오늘도 힘든 하루를 보낸 당신아,

품을 따듯하게 데워놓았으니

마음이 추웠던 오늘, 나에게 들려주길.

오늘(present)

늦은 새벽까지 잠들지 못하는 이유는
아마 한가득 나를 덮치는 걱정들 때문이겠지.

과거는 후회투성이에
가까운 미래, 더 나아가서는 그 후의 미래
앞으로 나에게 다가올 험난함에 지레 겁을 먹고
깊어져 가는 밤을 눈 뜨고 보낼 수밖에 없었겠지.

하지만 너무 걱정하지 말라고 말해주고 싶어.
내 삶의 주인은 분명 나니까
아직 오지 않은 미래에 연연하기보다

지금 나에게 주어진 선물 같은 오늘을
충분히 즐기며 살아가자.

그 하루하루들이 모여
분명히 꽤 멋진 삶을 만들어줄 테니까.

겁먹을 필요 없어.
네가 걱정하는 미래는 아직 오지 않았으니까.
그리고 넌 충분히 강한 아이니까
잘 이겨낼 수 있을 거야.

명심해.

오늘에만 집중하는 거야.

어제, 내일 말고 오늘.

그렇게 하루하루 씩씩하게 나아가보는 거야.

"넌 과거, 미래의 운명에만 너무 집착해
과거 속으로 사라진 어제는 히스토리
신비로운 내일은 미래니까 미스터리
하지만 현재인 오늘은 선물이다.
그래서 오늘을 present라고도 하지."

-영화 쿵푸팬더 Ⅱ-

야경

저는 생각이 많아질 때면
높은 곳에 올라가 야경을 보곤 합니다.
밤공기를 마시며 서울 시내를 내려다보고 있자면
참 많은 생각이 들기도 해요.

어두컴컴한 하늘 아래
건물 사이사이, 도로 사이사이에서
반짝거리고 있는 불빛들.

여기서 볼 땐 참 예쁘기만 합니다.
하지만 가까이에서 본 불빛들의 정체는
썩 그리 낭만적이지만은 않겠죠.
하루하루 누구보다 치열하게 살아가고 있는
모두의 흔적일 테니까.

삶은 멀리서 보면 희극,

가까이에서 보면 비극이라는 말이 있는데

제 생각은 조금 다릅니다.

치열하게 살아가고 있는 한 명, 한 명의 불빛들이 모여

서울 시내를 예쁘게 만들어주고 있으니까요.

다들 모르겠지만 여기서 본

당신들의 모습은 그 어떤 그림보다 예술적입니다.

비극적인 인생을 살아가고 있는 게 아니에요.

모두가 이 세상을 환히 밝혀주고 있는 주인공들입니다.

오늘도 빛을 잃지 않고 버텨주는 모두에게 진심으로

감사합니다.

언제나 응원하겠습니다.

삶이라는 선물

지금껏 살아온 인생을 돌아보면
참 많은 일이 있었다.

방황하던 순간도 있었고,
사랑에 빠지기도 하였고,
상처받고 아파하기도 했으며
울기도 참 많이 울었고
행복한 순간도 있었다.

앞으로 살아가며 더 많은 일이 생겨나겠지.
내가 예상하지 못할 수없이 다양한 날들이 펼쳐지겠지.

하지만 내게 어떤 순간이 찾아오더라도
난 그 모든 순간을 즐기련다.

삶이란 우리에게 주어진 선물이니

그 선물 바구니 속에

추억들을 가득 채워 넣으며.

글을 마치며

우리는 영원히 행복할 수 없어요.

하지만 영원히 불행할 수도 없습니다.

결국 삶은 고통과 행복의 연속이니까요.

하지만 그 속에서도

행복한 날이 더 많기를,

조금 더 자주 웃기를 진심으로 바랍니다.

늘 이 종잇장 사이에서

당신을 응원하고 있겠습니다.

**나는 당신이 행복했으면 좋겠습니다
(리커버 에디션)**

© 박찬위

초판 13쇄 2024년 03월 15일

지은이   박찬위

기획   하이스트

디자인   정나영

펴낸곳   도서출판 하이스트

출판등록   2021년 5월 31일 제 2021-000019호

이메일   highestt2000@gmail.com